不在都市

永方佑樹

思潮社

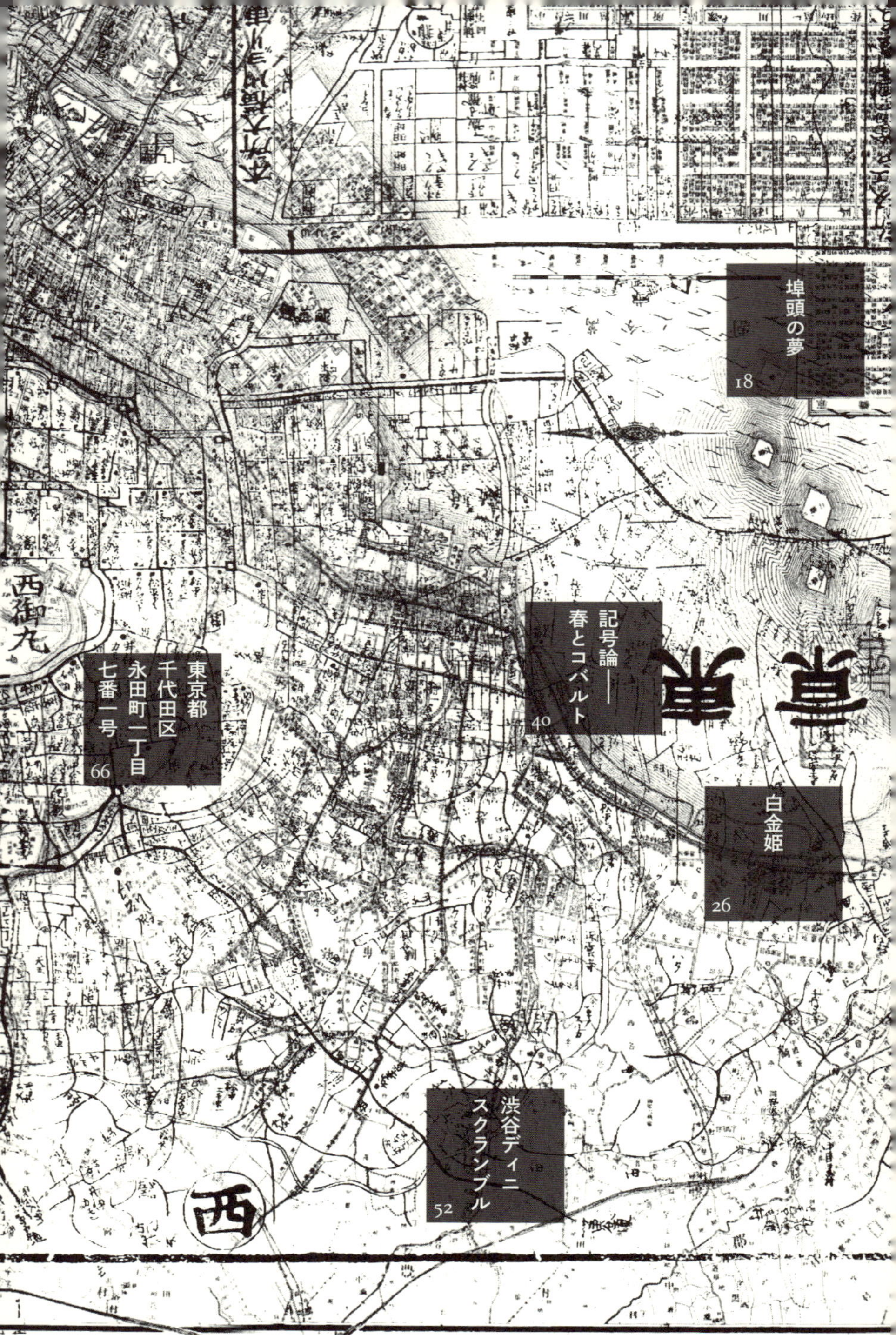

埠頭の夢 18
白金姫 26
記号論——春とコバルト 40
渋谷ディニスクランブル 52
東京都千代田区永田町一丁目七番一号 66

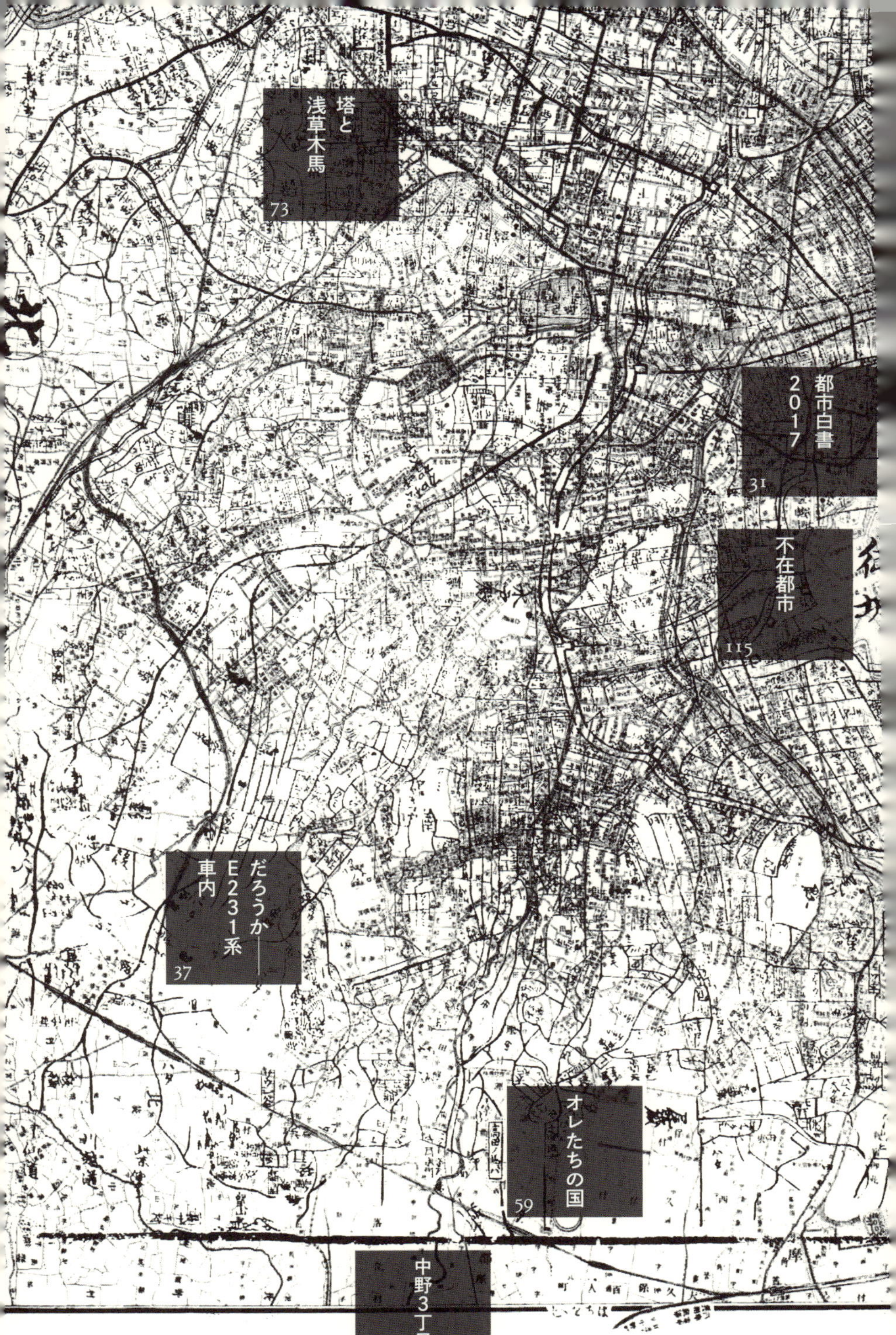

中野3丁目 9
都市白書2017 31
だろうか——E231系車内 37
オレたちの国 59
塔と浅草木馬 73
不在都市 115

装画・挿画　青野春秋
装幀・組版　中島　浩

不在都市

中野3丁目

しののめに息をふき
惜しみながら寝覚《ねざ》めをたしかめる

しおのにおいがする
窓を開けても
海など見えないのに
風は渡してゆく
地理の湾を
見果てぬままに

身を起こし
バスタブに湯をはれば
石鹼とぬくもったけぶりの
ミルクのような香りがする

過失の貼る肢体をしめらせるのなら
けがれでも良いのだと
暮らしにばかりからだは饐え
いつからか
みぎれいを執拗に課している
朝に夕に

（ここで生きるにはお金の他に涙がいるのよ、と笑いながら言っていたあの子は今、どうしているだろうか。前の前の派遣会社で仲が良かった、別々の社に派遣されたけど、あの子はその先で、正社員の男といっとき付き合って捨てられて、追いかけたけどやっぱり捨てられて、それ以来、どこかに行ってしまった。

突然、どこかに行ってしまった。思い出せない、あの子の名前)

靴を履き
鉄の扉の重さを押せば
一斉《いっせい》のいぶきを吸いながら
新宿のビルが遠くにひかっている

いつからか
どこに行くにも
あしを繰ってもいつまでも
行き着かない気がして
見れば誰もが
駅のホームに影を伸ばし

手順の疲労に脚を倦ませて
次に来る電車を待っている

(今日もまた履歴書、書かなきゃ。契約が切れるまであと一ヶ月。最近は書類審査も通らない。歳を重ねるたび、何もかも難しくなってゆく)

夜
1Kの部屋に帰り
ほっとする肌を湯で灼《や》き
とこにうつぶせ
柔軟剤のにおいをかいでいると

布に押した耳が
いつかのやさしい
音を聴き

ものかげに明るく駆け込む人間に
本当はなりたくなかったのだ、と
明日のことを
遠ざかった記憶のように眺めていれば

疲れは夢と釣り合い
息がまどろみを徐々にからんで

ひととき
しののめまで

旅寝のような
ねむりにはいる

埠頭の夢

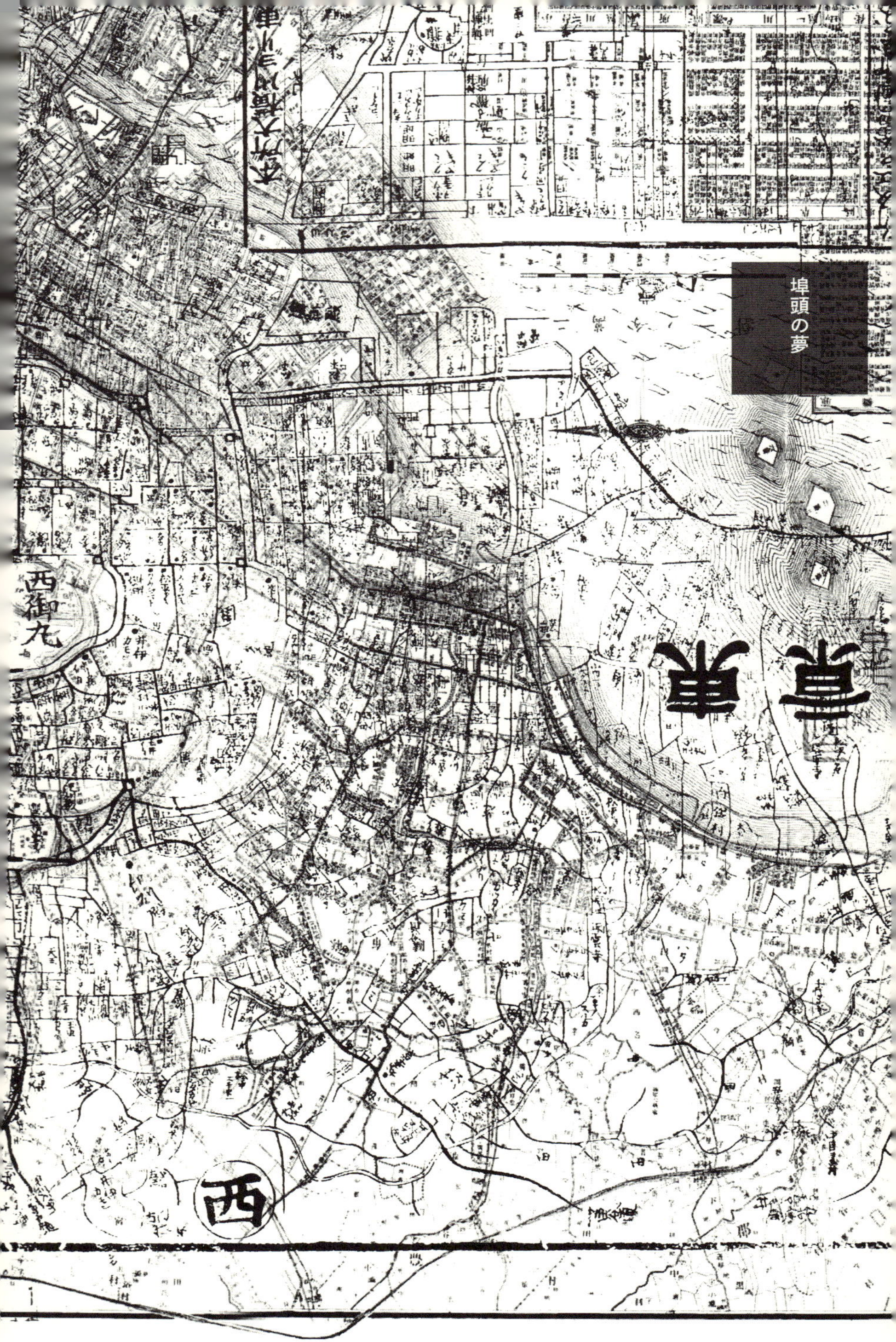

岸辺に寄《よ》す
おも影をふせ
埠頭にいま
君と立つ

この湾は
江戸よりの引き
ひとの希求のいやしさよ
水をわけ
波線を押して

しきりに垂れる
潮の向こう
そこにも

別の
都市がある
そうだとしても
埠頭
ここが最はてだと決めた
僕らは今や
おしだまり
ありあう宵寝に
想起をゆする

（夢を
見るか
埠頭
おまえも

むかし
いつか
いっせいに
銀のうろこが
跳ねた日を
人が
たてと
よこに
連なり
網を
はなち
いのち
ほふる
むかしの

いつかの
夢の
寄せを）

君とかいなを交わし合い
仮称に生きたあの街は
ネオンのいろをとりどり溶かし
とおくにひき揺れ
まどろむばかりで
もう
二人しかいないのかもしれなかった

「わたしが死んでも
この海は反復してゆく」

その言葉が
在りし日に
僕から
それていたとしても

君をいつか
美称で
呼びたかった

西御丸
白金姫
西

むかし、少女だったわたしは
ゼリーのバラで出来ていて
わらうとあまい
においがしました

すこしずつ
時間はこんごうすずの音をたて
わたしを素朴からとおざけてゆき
ラベンダーの吐息ではじらってみたり
マリーゴールドのようにあざやかな
かわいらしいしぐさとか

なにより

おとこのこをつつみこむ
ミルクのようにやわらかな
カモミールのかおりを
手に入れて

わたしは
まえより
美しくなりました

とっても
とっても
美しくなりました

年度のあらたまり
体裁のめぐりに個々をうすめる

時事はつづく
コンクリートの稜線のなか
経験を乗りついでなお
余剰ばかり殖《ふ》え
おい、み失い
なにかを分け合いたいかつての無心が
薄玻璃《うすはり》の建築のひまをゆき過ぎる

その気になればいつでも
旅立てるのだと
楽観のかわいらしさをつれ添い

もう
ずいぶんと
経った

次の列車に乗りこめば
花降りにうるむ
光のしぶきに咽《む》せるつかの間の
夢あかりを追うことも出来るのだろうが

はじまりにもどされ
受動にとどまったまま
今年もひもじい、春をむかえる

だろうか——
E231系
車内

だろうか
どんなに威張った独裁者でも、千年の時を超えてはいけない生きたという事実すら、百年後には消えていて
ただ単にのっぴきならないから生きてるだけだ、と学者の先生は言うけれど生きることに意味なんて、ほんとうにすこしも無いんだろうか
私がようやく生まれた日ちっちゃい私の手をにぎり、お母さんが泣いたこと

世界中のあちこちで、怪我する人を見るたびに心がシクシクいたむことや
空や花や雪ふりを美しいとおもうこと
いつの日か、私の鼓動が止まることやそうして私が消えたあと変わらずたくさんの母親たちが生まれてきた赤ちゃんを抱きしめながら泣くことに
意味なんてほんとにすこしも無いんだろうか

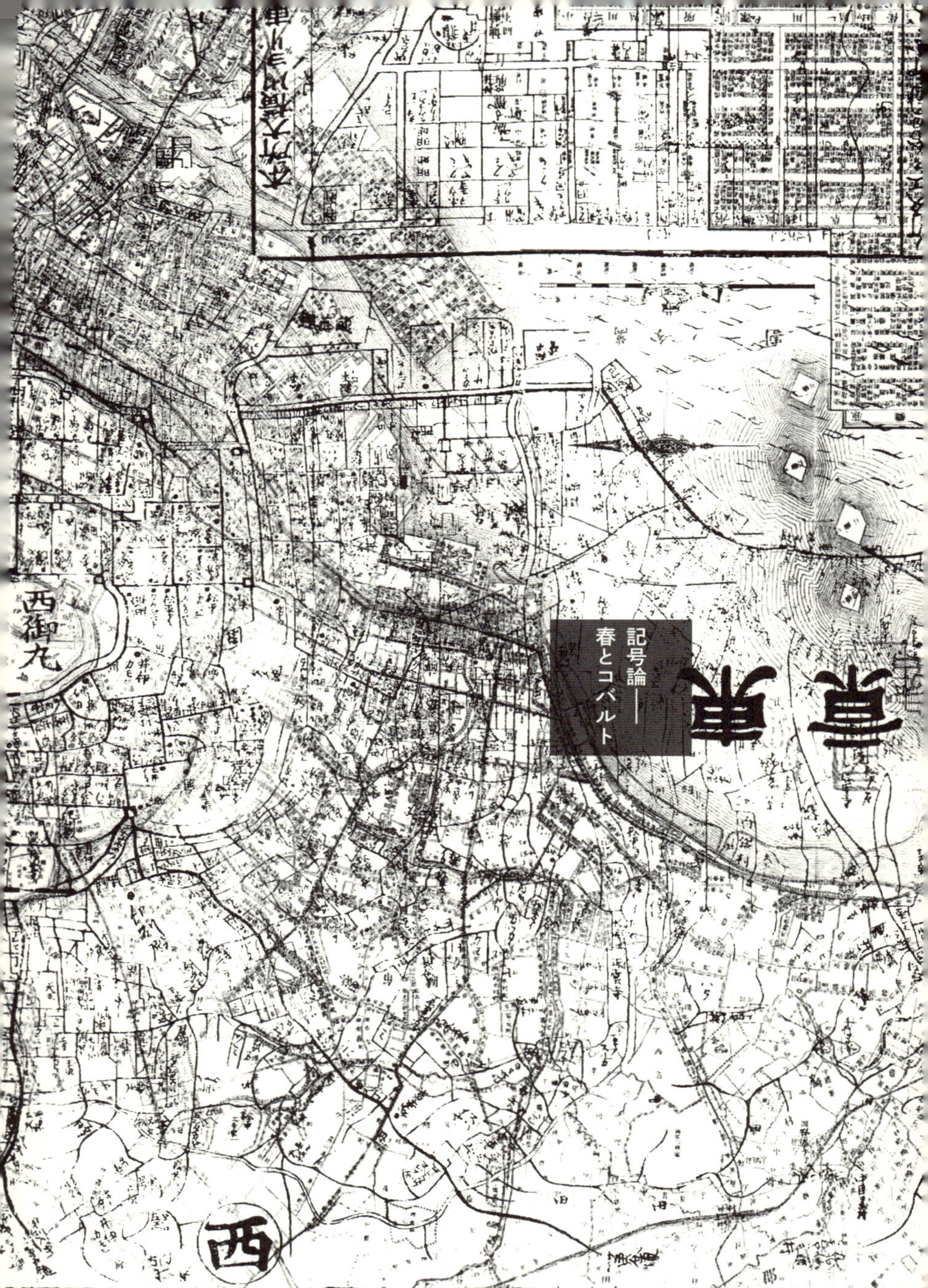

記号論——春とコバルト

きざしのさきはし
ぬくもりにまぎれて
経験のほとぼりが燃える
むかれてゆく冷気の古層
ライラックの花てりに
ぬれそぼったかおりが
なつかしさのかわいたまなざしを
ひかりのしぐさで
しめらせる

(雨が、降っています。
燃えながらひかる、コバルトいろの雨のおり。
のどが、かわいた。おなか、すいた。
生きています。雨が、降っています)

闘争にあぶられ
かわるがわるに目指されてきた平等の
うすれた岸べにわたしたちはいる
あおく燃えたスピカの顚末
ひかり、はばかり
ひとしくけずられた韻律は
発話にぬくもると
透明を負担し
さきざきをほころばせた名称ばかりが
しずまったまま時代によせる

（雨が、降っています。
　コバルトに色づいた雨のすじがいくえも燃え、

いくすじもあかるくひかりながら、
ゆたかなおとで降りそそいでいます）

言動がやさしさにむしられる
ひとしさのなかで
わたしは今なりで在りようもなく
循環の単調をたしかめる語気のいさみを
としごとただ
はるの雨で燃やし
いくつもの創始をゆき過ぎ
ラングの改行にながされるまま
故事にうすまらなかったものがなかったように
誰もがなにひとつ見届けられず
ゆたかになる最中

死ぬのだろうことを
在ることでうすまりながら
ひとりでいい、とつぶやく

ふたりでも
さみしくとも
感情もひとも
ただの情報なのだ、と

「アングロサクソンの熱狂は、けっきょくメガヘルツの向こうでの出来事です。実際、地理の時代は終わったので、わたしたちは経度や緯度の区別なく、かなしみやいきどおりのさまざまを、あたかも知り得ます。

しかし、そのことは逆に国境のきざみをふかくしたようですし、テレビやスマートフォンを行き来するたやすい伝聞は、わたしたちをおたがい単なる名称にします。在ることのおもたさをけだるく引き受けるひとが例外なくそうであるように、ＳＮＳやらエレクトロニックのあかりがたえず、カーボンのふかい夜やみをあおく目ざめさせ、わたしのねむりはあさい寝ざめをくり返す疲労に、常にからまっています。ねむい。ねむれない。みずおと。みずの、いろ。目ざめつつ、ねむけばかりがつのるおもみに、緩慢になってゆくまばたきの先では、ブルーライトの電子の点滅が、はるさきの雪のようにつもってゆき、そうしてねむりつくことのつかれと共に、まぶたになつかしい気配がはなびらのようにあずかり始め、エレキのあおい波長にいつの間にかたぐりよせられた、いつかの水のにおいが、コバルトにひかりながらゆっくりと呼吸をひたしてゆきます。少女でした、わたし、いくつか雨が、降っていました。あまだれのみずっぽさのなか、通学路をひき返していたあの日のわたしは、コクリコのような朱いろのランドセルをしょっていて、どろにまみれた上履きをかかえ、とぼとぼ雨がいくすじも降っていました。家は二階建てのアパートの二階の端。母は夜働いて朝眠る生活だったのでこの時間は部屋にいて、ふかく疲労しているかまどろんでいるかで、なのに、誰かが下水に放り込んだせいで汚れた上履きをそんな母に見せられないことに気がついたわたしはきびすを返し、雨のおりをかきわけ、乱反射するひかりのなかをやみくもに駆けて商店街のはずれの、赤提灯のさがった店の軒さきに飛び込みました。震えるあしをかかえて座り込んで見上げると空がうすく照り、そこからいくすじかの雨がコバルトいろのひかりの直線をひきながら、あたたかく降っているのです。昼間見る赤提灯はなんだか消沈していて、やすっぽくすすけ、ところどころ破けてすらいて、そのとき不意に店の扉があき、出てきたひとはもしかしたら女だったかもしれませんし男だったかもしれません。なにせ雨がいくえにもひかっていましたし、でも少女だったわたしをみおろし、すこしつぶれたキャラメルをポケットからとり出してくれたひとの名をいつまでも思い出せなくとも、しずかな屈託をおぼえていればじゅうぶん数年前、いえ数年後の、少女をやめた冬の夜明けに、こおりながら燃えているコバルトの雨をみていたセーラー服のわたしや、リクルートスーツを着、したたる汗をぬぐいながら、プラズマの雨にあぶられた夕暮れがしずかに夏を綴じてゆくのをただ眺めるしかなかった頃のわたしを、あたたかくやわらげてくれます。雨が、降っています。燃えながらひかる、コバルトいろの雨のおり。のどが、かわいた。おなか、すいた。生きています。雨が、降っています。今は冬でしょうか。いえ夏です。たしか、春のきざしのさきはしだったと思います。あの頃住んでいた家の、トタン屋根にあたる雨のおとがつぎつぎ、まどろみにつむりかけたまぶたのあさ瀬でなつかしくくだけ、記憶のとおくで引きのばされてゆく景色と気配が薄まりながらつがいのようにからまるにつれて、韻律は徐々にシリウス星のかおりを帯びてゆくようです。ふとあの日々、家に帰ったわたしを出迎える、ななついろのあわさをした母の声がうつくしいままに若かったことを思い出しました。なにもかも、情報です。わたしも、これらも、すべて。ですがいつか、今につづく雨があおくコバルトいろに輝きながら、ひかりのようなおとを立てて降りそそいでいたことだけは、ひとびとがようやく見られた夢のように確かな、そして唯一の、わたしだけのことです」

生きてます、生きています　という声を
ひかりつつ踏む　星のあまおと

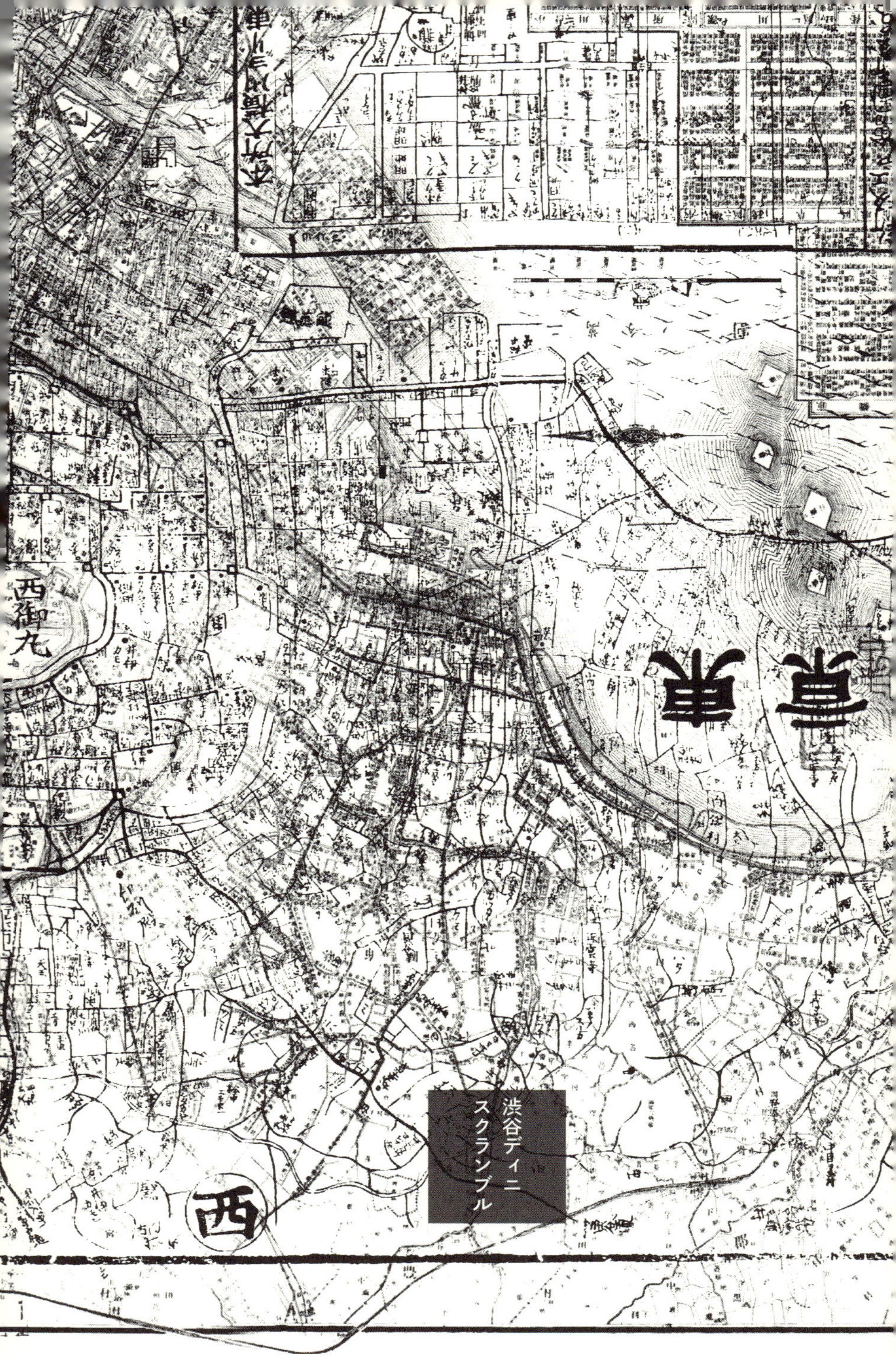

渋谷ディニ スクランブル

東京都渋谷区道玄坂下スクランブル交差内外の点における、負の定曲率を持つ一般化されたヘリコイド曲面

しぶやところどころ地割り。ほうじょう《渋谷警察署より》の夢あかり《お知らせです》は潰え、松に《悪質なスカウトに》とどむ《ご注意下さい》身が《注意！》

らは幾年幾歳《「俺だけどカバン忘れた」》、まなざし《これは詐欺！》たかく《TOKYO》物見し《ART SCRAMBLE》、語彙を《誰でも》狩りつつ《分かりやすい》由緒を蹴る《アートを》道玄《あなたに》、

どうとでも人は言うが《ビフィックス！ビフィックス！》。時雨をこばむ《お腹の中に集まれー！》此の者かろく《東京都知事小池》、人語《百合子です》を失笑《やさしさ》けわいし《あふれる街に》、

終焉《したいと》 結局藪の中《思っております》。途絶え《渋谷駅が》はなごり《変わる！》をつみつつ《日本初の》、つのる《複合駅施設》なりわい《渋谷ちかみち》は 細々立拝《ラウンジ誕生！》、

たかく物見し《プリプリプリッツー》富士講《こんな時元の》、きがね《番号に掛けて》の水あかりに一講《確認して下さいね》、小名大名《渋谷の明日の》無才天才《天気予報は》

ひとあしひとあし《おおむね晴れ17度℃です》江戸の消息《コナン新作アニメ》やにわに《早くもDVD化！》うすれて《エピソード》動源《“ONE”》、エレキの《小さくなった》夢おどり《名探偵！》。

注一　観測日時：２０１７年４月20日12時46分～13時２分

注二　ディニ曲面（Dini's surface）

注三　道玄坂の名の由来は諸説あるが、「道玄庵（寺）」という名の寺があったという説、もしくは、「大和田道玄」という山賊が道玄坂を根城としていたという説が有力である。

＊「六月十日たつ　とうけ坂にて甚之丞　このもの、よくわかる」「九月廿一日くもる（中略）とのさま今日しぶやへ御こし所々地わり」「廿二日はれる（中略）とうけんの庵室ゆいしよ、さし上る」（『天正日記』）

＊「里諺に云ふ、大和田氏道玄は和田義盛が一族なり。建暦三年五月和田一族滅亡す。其残党此所の窟中に隠れ住みて山賊を業となす。故に道玄坂といふなり（中略）或人云ふ、道玄は沙門にして、この地に昔一宇

まどろみ一新《「あなたの名義だけ》、日鉄玉電市電と《貸して頂けますか？」》交流《必ず》、名ばかりの《家族や警察に》ともしび《相談！》喰いつつ《渋谷駅》、犬ばかり《ハチ公前広場では》
能く夢み《FREE Wi-Fiが》。富国《利用できます》強兵監《スマホ》獄憲兵人を《立ち止まって》殺せとを《見るほうが、》しえし《見やすい》命題《ゆる井さん》、明星《ATMから》咳呵し《還付金は》気管支《受けとれません！》、
しぶやところどころ地割り。帝都《いざ！ルーツ》の新《探検！》妻いずれも共済《5月1日スタート！》、区画は仮綴《初回2時間SP》じのまま《役所等から》
繁華《電話で》し、賑わいを呼ぶ百軒店《「医療費等の還付金があります。」は》、帝電高鉄《詐欺です！》うぬぼれ《わたしの事》東横《ようやく》、ともしび濡らす《分かった気がするナ♪》
浅草六区《キレートレモン》にキネマの夢は《通報する勇気》去り《テロを》。聚楽の《許さない》潰え《今日の》に再々《運勢》、人がましく《第3位乙女座恋の》聴きなし《アプローチのチャンス！》
花街《受け身で◎》、共栄の《緊急ニュース》挟持に身がらは《SHIBUTANI HEADLINE》おくられ《NEWS◎安倍首相は》、奮起は炎上《トランプ米大統領と》、火の粉を警報《電話会談した》、犬粗末に《ハチ公前広場》
いよいよ《では FREE》溶解、しぶやところどころ地割り。途絶え《本日は》はなごりを《マクドナルド渋谷店》つみつつ《にご来店いただき》、

の寺院ありて道玄寺と称したり。故に坂の名に呼び来れるともいひて、一ならず」（『江戸名所図会』）

注四　大和田道玄は「物見の松」に登り、その上から往来の人々を物色していたという。

＊「道玄坂を登りて七町あまり西の方、同じ街道大坂と云ふより此方、右側にありしが、明和の頃枯れたりしかば伐りたりと云ふ（中略）俚諺に云ふ、道玄この松樹に登り、往来の人を見下し、小賊に命じて衣服・物の具を奪ひ採らしめたりとなり」（『江戸名所図会』）

注五　江戸時代、渋谷には江戸最大の富士講・山吉講があり、講元・吉田家は「御水さん」と呼ばれていた。

注六　明治十八年、日本鉄道の駅が渋谷に開業。
明治四十年、玉川電気鉄道玉川線が開業。
明治四十四年、東京市電青山線が渋谷に延伸。

注七　明治期、渋谷には憲兵分隊や刑務所、練兵場など、陸軍の建物が多く建てられた。

注八　明治三十四年四月、与謝野鉄幹が道玄坂に移り、機関誌「明星」を再刊。同年六月、晶子と同居を開始。のち、明治三十七年まで与謝野夫婦は渋谷に居し、新詩社の

夢あかりの《誠にありがとう》ワシントン《ございます》、しらじら《百年に一度の》自在《大変革》に物見し闇市《渋谷は変わり続けます》、活況バラック《歩きスマホGO!》どさくさ《ではなくNO!》、
犬あらたに《ハチ公前広場では》夢み《FREE Wi-Fiが》。あきび《利用できます》と戻る、まぼろ《渋谷区役所移転の》し振り捨《お知らせ》て恋文横《庁舎建替えの》町、ネオンの《ため、仮庁舎に》繁華に《移転しました》
時代《@コスメ》をおりあい電燈《乳液ランキング》、ビジョ《スマホで》ンの叙説は陰《チェック!》影をうすめ《万引きを止める》て見聞、パルコと《ひと言「こんにちは」》
ロフト《これからの》を語辞におとしめ《渋谷にご期待ください。》マルキュー《東急グループ青に》、願掛け《なりました!》、道玄《左右の安全を》、センター《確かめてから》、夢舞い《渡りましょう》、しぶ
やところどころ地割り。

活動を行った。

注九 大正十二年、関東大震災。

注十 関東大震災後、特に被災の激しかった浅草や銀座から、多くの有名店や娯楽施設が渋谷に移転し、「百軒店」が出来た。百軒店には「聚楽座」という劇場も出来、また、「帝都電鉄（帝電）」渋谷線、「東京高速鉄道（高鉄）」銀座線、「東京横浜電鉄（東横）」が渋谷駅に延び、今で言うターミナル駅に渋谷がなったことも合わさって、渋谷百軒店は浅草六区に並び称されるほど、都でも有数の繁華街となった。しかし震災復興が進むと、浅草や銀座から移転してきた店や映画館は渋谷を離れ、元の場所に戻っていった。

注十一 明治～戦前、道玄坂の円山町には多くの芸妓屋や待合、料理屋が軒を連ね、戦時中の空襲で大半が焼けるまでは、都でも有数の花街であった。

注十二 昭和十九年十一月～昭和二十年五月、渋谷空襲。

注十三 昭和十九年十月、「金属類回収令」によりハチ公像撤去。溶解は昭和二十年八月十四日。

注十四 昭和二十一年、元陸軍練兵場跡地に、連合国軍アメリカ軍の兵舎・居住宿舎「ワ

シントンハイツ」建設。
注十五　戦後数年間、渋谷駅周辺には闇市のバラックが広がっていた。
注十六　昭和二十三年八月十五日、ハチ公像再建。
注十七　「恋文横丁」は現在の１０９裏にあった飲屋街。朝鮮戦争終戦後に恋仲であった米兵に送る恋文を代筆していた代筆屋があったことから、この名で呼ばれた。
注十八　昭和四十八年、「渋谷パルコ」開業。
注十九　昭和五十九年、「１０９」開業。
注二十　昭和六十二年、「渋谷ロフト」開業。
注二十一　現在、渋谷は「百年に一度の大変革」とも言われる、大掛かりな再開発の真っただ中である。

オレたちの国

手を、にぎる
ぎゅっと
オレ、くしゃみする

ホテルに入ってく
男と女
どっちかのふるえ、鼓動
ネオンのせいか
くらがりのせいか
よく見えた
ここからは

コマ劇場のうら
怒声がはしる

とどかない
いつだって
おくれ続け
死んでゆく
誰かの
いま

なにか
どこか
知らないと
ある日
いっせいに
気づく
すれ違う

誰もが
息を
してる
こと
七年前
ここも
影すら
消えて
いのり
だけで
満ちた
ことを

かたわらをひづく

誰かと首をちぢめ合って
それでも
確かめられない
だから
生きてる
そう言う代わり
オレ
背のびする

向かい合った男に
国はどこだ
と聞かれ
沈黙する

その先に
言い知れず浮かび上がる
オレたちの
国がある

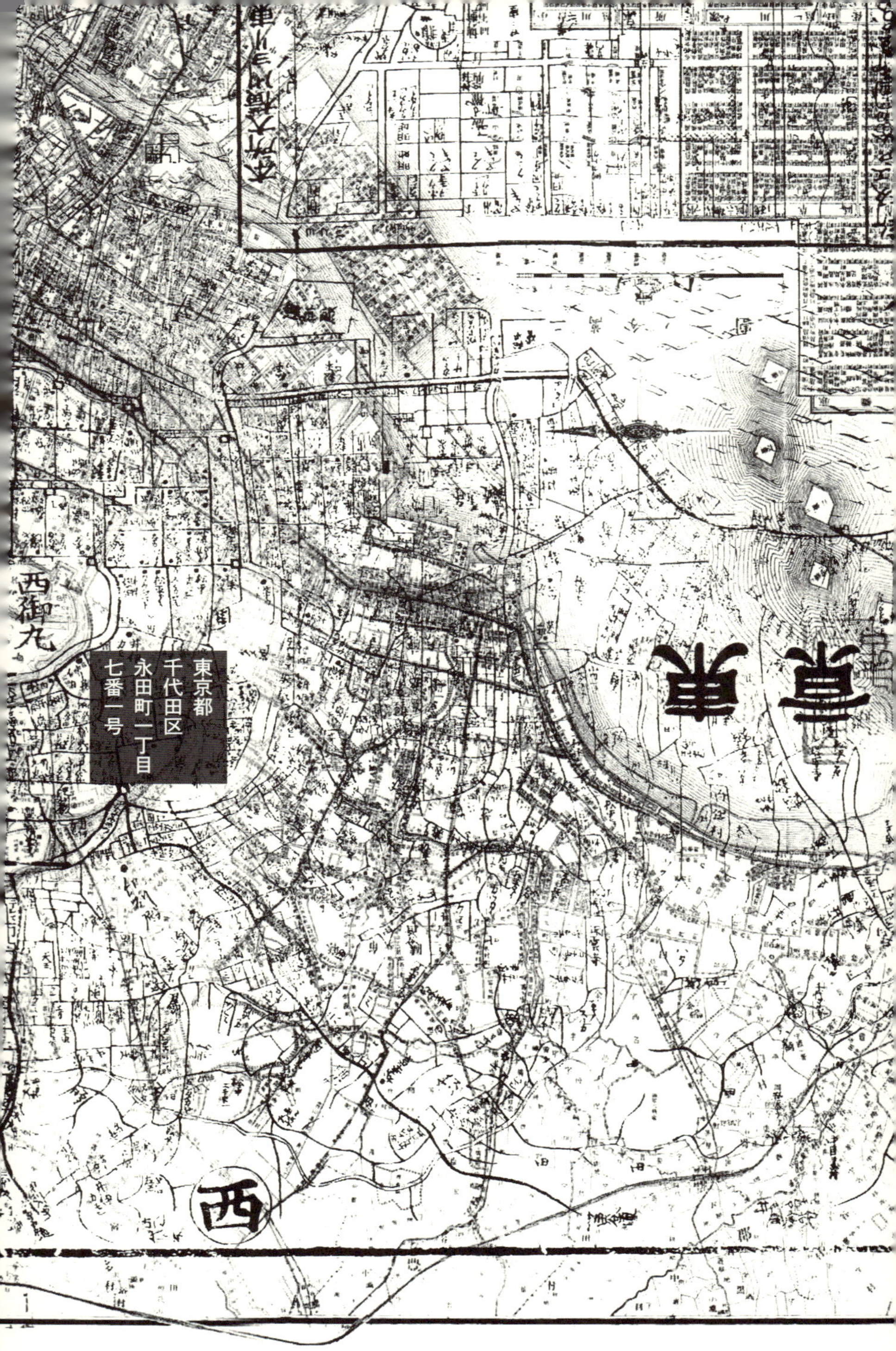

東京都
千代田区
永田町一丁目
七番一号

塔と浅草木馬

雷門通りにあゆみが入ったあたりで、にわかに降りだした。

わたしは、先ほどまでいつからか歩いていた言問通りのこと、そこで「猿若町アト」という碑が立っているのを見たという記憶について考えながら、水気に立ち込められてゆく耳が雨おとにひたってゆくのを聴いている。

猿若町。その名を見たとたん、懐かしさがひびきにからんだこと。知っている、その名前を確かに知っている、というおもいばかりが湧いてきて、いつ、どこで、と知り初めをさぐる想起のなか、足が碑から遠ざかるほどにまなざしになごる名への凝視がつよさを増してゆく。

道ぞいにあるメトロ銀座線の出口からは、観光客が次々とあふれてきて、物見に向かうにぎわしさは、降り出した雨にみるみるしめってゆく。そうやって蒸れてゆくこの雷門通り、このあたりもかつては猿わか町と呼ばれていたのだろうかというさぐりは記憶と土地とにわかたれていって

思い出した。あれは錦絵だった。

昔、すべてが江戸と呼ばれていた頃の広重という名の絵師が、にぎわう姿を一点透視図法で描写した土地の名、それがたしか「猿わか町」だった。

おぼえている、あの絵、どこかで見た、そう、おぼえている、藍に吹きこぼした夜ぞら

の下、歌舞伎の芝居小屋が北から南へきわなく立ちならび、それぞれの屋根にはやぐらが華々しく揚がって、道には見物のひとむれが行き交っている、そんな、いつか見た絵のにぎわいが記憶に引き寄せられて、まなざしの中に景色として立ってゆくのを、昼ぞらの光る雨に濡れながらながめている。江戸、あのころ、夜にもかかわらず人びとの往来が盛んにあったこと、老若男女、どんなひとびともこぞって芝居をみにあるく道なかには、犬も猫ものんびりとはなされていて、なんて楽しそうなんだろうかと、はじめて見たときと変わらぬおもいが、立ち上がる絵姿にともなわれてゆく。ひと、声、あてなしにぼかした月景、男女が手に持つ手とぼしの明かりと、足元に伸びる影のかたむき、道の両脇では店じたくをする寿司屋がならび、小屋の前では威勢の良い芝居の呼び込みが、声が、ひかりながら落ちる（サア、）雨の中を（サア、）あるくわたしの（サア　）耳おくで（サアサ、）声が（サアサ、）音が（サアサ、とする）（サアサコレゾ江戸歌舞伎ヨ、三座顔見世イタシマスル、と……）

不意に甲高い歓声が近くで上がった。見やると、「雷門」と書かれた大提灯を見上げながら、聞きなれぬ響きの異国の言葉で、人びとがスマートフォンを掲げて写真を撮っている。いつの間にか、仲見世通りの入り口に足をつけていた。
　そうして気がつけば、まなざしにうすく立ち上がっていた先ほどの絵姿は視野の中に跡もなく、かすかに耳奥で江戸へと請う声が遠くに引いてゆくのを気配として追いながら、聞き取れない異国語と目の前の景色に、いつまでも耳がひかれている自分を、水のにおいと明かりの濡れが、しずくの音とともにつつんでゆく。

したたる
しめりに時は
おと、ずれ

しず洟る
（塔が見える、）
事前は泣きぬれ
ひき渡る
（塔が見える、）
隅田の余白に
ひかりを
からみ

通りの果てに浅草寺が威風としてあり続けることを、人びとはこれからも疑うことはないだろう。

わたしは、世界一の高さだと言われている

電波塔をまなざしの端に見上げながら、時代ごと、常にまっすぐに伸びる塔がここからは見えていたのだという想起で、仲見世通りを一足ごとに歩いている。

（仁丹塔、）今や誰もその名を口ずさまないとしても（ポニータワー、）昭和として閉じていったあの時代、それ以前にも塔は何度も立ち、何度も尽きてその都度、別の塔がかならず立ってきた。それらの名を追憶することもせず、なぜわたしたちは塔が建つたび、はじめてであるかのように歓声をあげ、ことほぐのだろうか。痕跡のうえを歩きながら、人は瞬間しか見ない。そのせいなのだと、いずれはおもっていた。だが本当は、知らないしぐさをよそおっているだけなのかもしれない、とこの道を歩きながらわたしはそぞろに考えている。誰もがよそおいながら生きているのだと（塔が見える　）見えなかったと、特にこんな、しずみ雨に境界が鎮漏ってゆく景色の中では。

そして本当に見えなくなっていた。浅草寺が。

先ほどまで、たしかに前方に威風がそびえていたのに、人びとの業《わざ》の数だけ灯されるせいで、江戸から今に至るまで尽きたことが無いという、線香の煙がいつの間にかむせるほどに立って（見えない、）もやのようにたちこめ（見えない、）すべてがけぶりとなり、他には何も見えない。

果たしてどちらに進めばいいのか（だって何も。）方位を失うしばしのうち、良く見ると、煙の向こうで巨大な提灯の影が紅いともし火に燃やされながら、ゆらふりゆらふり、まなざしをさそうように揺れていた。ゆらふりゆらふり、提灯が揺れるたびに進路が、足先が、意識がそのあかりに吸われていくようで、この煙をかきわけてゆけば、あのなつかしい江戸に行けるのではないかという気すらして、

（塔が見える　）

しかしその時、どこかものさびしいラッパと太鼓の音が左手よりおおきさを増してゆく

のが聞かれた。

合図だった。

次の痕跡が、追われるために目の前で見晴らされゆく、その。

それにもう、わたしは五重塔を（塔を、）いつの間にか過ぎていたではないか。であれば、そのまま左に曲がり、花やしき通りへと渡りの歩を寄せる。

据えおかれた
名ばかりの
浅草六区に
雨がしずみ

うるんでゆく
（塔が見える　）
界隈が
ひらいてゆく
（塔が見える　）
痕跡
あるいは
記憶が

花屋敷をいつ過ぎたのか、昔たしかにもんじゃ焼き屋があったはずの場所に、今はジオラマが立っていた。

左右にも気がつけば、次々と呼び込みの騒

がしさが並んで、物見せ小屋、矢場、小屋掛けサーカス、生き人形館と雑多な店々が遠くからいつまでも続いている。さきほどから女軽業師と場所争いをしているのは誰かと目をやると、姿を消してしまったと先日誰かが残念がっていた、玉乗り一座の人びとだった。わたしは嬉しかった。もし一座が無事に小屋を掛けることが出来たら、あのひとはさぞよろこぶに違いない。その日を夢見た、わたしの記憶のとおりに。

（塔が見える）

どのくらい歩いたろう。

ふと、ひと群れのにぎわいはするのに、誰の姿とも行きあっていないことに気がついて、歩いて来た小路を振り返れば、からみあう路と路とに見失われて、裏町に入り組む界隈にひとりきりで立っている。

いない。誰も。

気づきに押しやられるように、耳を満たしていたにぎわいも間遠くひきかれて、しずまってゆくとともに明るくなってゆく景色の中で、さりさりとした羽音をさせ、なにかの虫が鳴いている。鳴き方は秋の虫に近い、がそもそも今が秋なのか、それ自体がいぶかしかった。蒸しているような、肌ざむいような、あるいはここには時間というものがないのかもしれない。

周りを見わたすと、バラックのような長屋

がどれも崩れかけ、支えあうように互いに折り重なりながら、うずまき連なる、渦の底にいる。今にも崩れそうな入り口の脇に、タバコ屋、おでん屋、銘酒屋と看板を掲げた戸がいくつかあって、しかしどの小屋からも人のぬくもりがすこしも立たない。なのに、ひと気のなさを探る肌に、湯気の気配があたたかくして、どこかで湯が湧いたのだと知れる。足元で洗剤の流れてゆくコポコポという音がして、下水の汚臭がひとときき澄んだ。

やはりひと気のない牛鍋屋を過ぎたあたりの細道に、瘦せた十五、六歳くらいの娘がひとり、影のように濡れ、ぽつりと上を見上げていた。垢抜けない、よごれた服装に似合わぬ、瀟洒な髪飾りをつけている。

　そのまなざしをたどろうと顔を上げた時、向こうの路地から突然、若々しい男たちの声がして、驚いて目をやると、転がるように出て来た片方が見知った顔だとおもった。わたしはなにも考えずに「啄木さん。また金田一さんを連れまわしているんですか」と問うてはじめてわたし自身、男たちの名を知る。

　わたしが啄木と呼んだ男は笑いながら「やあツライツライ。十二階まであのカタツムリのような階段を登るんだから。ようやくのぼり尽きたらぜいぜい息が切れてしまって、飛び降りようかと思ったヨ」とひょうきんをよそおいつつ言うので、「飛び降りないでくださいよ。ただでさえあなた早死になんだから」と、我ながらむごいことを言う。案外こんな言葉が史実を引き寄せるのだとおもって、かなしくなって謝ろうと口を開いた時には、金田一の姿も啄木の姿もすでに跡も無い。

遠くで、ラッパと太鼓が幾度も幾度も（これはなんの音楽だっただろう、）同じ音程を延々と繰り返している。不意にちかくで「ここには」とかすれた声がした。見ると、先ほどの娘がかわらず路地の境にいて、上を見上げている。

「ここには、女しかいません」

そう言う娘の言葉に、わたしはまわりをみまわしたが、娘はふくんだように目をつむり、夢のように影を揺らしながら、「住んでいるのは、女だけ。みんな、酒を売るんです」と言う。すると、かすれているのにみょうにしめったその声に揺すぶられるように、先ほどまで気配のなかった小屋という小屋に、ひそむような息づかいが確かにわいてきて、わたしは気がついた。

ここは、女たちが行き着き、迷い込み、あるいは引きずられて青白く息をする、さびしい窟なのだと。

「塔が見える」

娘のつぶやきに、わたしはあらためてそのまなざしを追った。女たちが渦のように折り重なって寝息を立てている粗末な小屋のつづく向こうに（塔が見える、）確かに煉瓦作りの巨大な塔が立っていた。
　それは八角形の形をしていて、数えてみると十二階まで高さを伸ばしている。その姿を見て、わたしは思い出した。（ここそが、）ここがすべての始まりであったと（その名前は、）
　そう確認したと同時に、ふいに重心がうしなわれ、まなざしが目の前の景色から剝がれてゆくのを感じた。しまった、誤ってしまったのだ、そう気づいた時には、わたしの時代が呼ばう世代のかいなにからまれ、どんどん引きずられてゆき、最後に振り返ると、娘はまだ塔をしずかに見上げていた。が、それもすぐに見えなくなり、十二階の姿もうすれてみるみるとおくなってゆくので、わたしはすべてが削がれて忘れ果てることのないよう、ここにせめて凝視を残す。

かきくもる
あかりは
濡れて
輪郭をにじみ
(塔が見える、)
気配に
寄せ
かがよいながら

（電波塔が、）
痕跡のうえを

最初の塔が立っていた、確かにその場所であったことを記す青銅の碑を、今わたしは見下ろしている。

かつてそれが十二階まで高さを伸ばしていた場所に、今はパチンコ店が建っていた。道いっぱいまで張った建物の中からは絶え間なく球の流れてゆくチンジャラという音と軽快な電子ミュージックが流れていて、その端にちいさく張り付くように「凌雲閣の碑」と書かれたその碑はある。

この場所からも、遠くにスカイツリーのそびえを見ることが出来た。わたしたちの時代のランドマークとして建てられた、あらたな塔。

あの塔が建った時、平成はまだまだ続くと誰もがおもっていた。しかし来年、あの電波塔は最初の終わりとはじまりを超える。

そうして平成を見おくり、今度の塔はいったいいつ、どの名で世代が呼ばれるまで、時代に添い、人にとり残されながら、そびえ続けてゆくのだろうか。

わすれたと

時代のふしを
きりそろえ
かけ流す
（ジンタの音、）
あかりの潤みは
栄えと余り
わかたれる
（木馬が、）
わたし
そして
今が

人はいつか帰路をたどる。わたしも気がつ

けば、いつからか家路をさぐっている。

　すがらに、ふたたび花屋敷にさしかかった。入場料は大人千円。乗り物代は別。入り口を見つめるわたしのまえを、いまどきの男女が「レトロでウケるぅ」と笑いながら横ぎる。なるほど、園のしつらえはことさらレトロをよそおってはいるが、それでもあの頃からずいぶんと変わってしまったのを、本当は誰が知っているだろう。

　それに（ラッパと太鼓のあの、音）気のせいだろうか。余韻のように今も聞こえている気がする音が、中からとおく呼んでいる気配がして、気づけば、いつ入場券を買ったのだろう、わたしは自分の姿を園の中に見ている。

目の前に案内板があった。それを見てみると、スペースショット、ディスク・オー、3Dシアターなどのアトラクションがあるようで、ある程度は時代に沿うものを置いているらしかったが、しかしそんなことより、耳は園のおくふかくより、あのラッパと太鼓の音がしている様を相変わらず聴き取っていた。

もう一度案内板を確認する。園のおくの方を確かめると、そちらにはローラーコースターやゴーストの館、木馬館など、なつかしい名で呼ばれるアトラクションがいくつかあるらしかった。その中でも、今どきメリーゴーランドと言わずに木馬館と名指しているものが、わたしはみょうに気になった。痕跡のように、聞きとる前に失われてゆく音のかすかをたどり、わたしは奥にあゆみの方向を押すことにした。

　最初にローラーコースターを過ぎ、ゴーストの館を超え、間もなくかとおもった頃、「旅順海戦ジオラマ館」という看板をかかげた、異様に大きいキネオラマに行きあった。はたして、こんなアトラクションが案内板にあっただろうかと不思議におもいながら入り口を見る。と、ねむりつく乳児を背おった十二歳くらいの少女が、店子《たなご》として粗末なセンカ紙を配っていた。不思議なことに、行き交う人びとはまるで館の存在が見えないかのように、だれも少女から紙を受け取りも、目をやることとすらしていない。

　ラッパと太鼓の音に呼ばれているわたしは、一刻も早く木馬館に向かいたかったが、不憫さから、せめてあの紙くらいは受け取ってやろうと少女にちかづいた。少女は目の前に立ったわたしをねむそうな目で見上げ、こっくりと会釈したのち、小さな手をあげてセンカ紙を手渡す。わたしは受け取ったそれをさっそく開いてみた。中には、ジオラマ館の説明が書かれていた。それによると、パノラマのような仕組みで旅順の（旅順？）海戦の（海戦？）様子を見るものらしかった。

　その時、ふいに視線を感じ、たどると、少女に背負われた乳飲み子がねむりながらうとうととまぶたをひらき、まどろみの目でこちらを見つめていた。わたしのうつつのまなざしが、赤子の夢のまなざしとまじわってゆく。

奇妙な感じがした。わたしは赤子の前に立っている。確かに（ほんとに？）立っている。だが同時に、まどろみのなかにいる赤子の、夢のまなざしから見つめられてもいるのであった。

赤子の目に、わたしはどのようにうつっているのだろうか。夢よりかいま見られているなら、わたしは赤子にとって、やはり夢ということになるのではないだろうか。

そうおもいながら赤子を見おろすわたしのうつつのまなざしは、まじわるはしから、赤子の夢にからめとられてゆくばかりで、夢とうつつが同時に重ねられたこの瞬間、わたしという存在がたしかにうつつ《現》の側にいるのか、わたしにはわからなかった。あるいは赤子の夢よりつたった、うつし《写》身というまぼろしが意識となって、赤子のまなざしの果てに寄せているのが、ほんとうの今なのではないだろうか…………

一瞬後、赤子はわたしをみつめる顔つきのままふうと息をつき、うたたねの中にもどっていった。そうして赤子がねむりについた後も、わたしは、赤子のとじられた夢に自分がいつまでも見つめつづけられているような気がして、ふたたび赤子の夢の目にまなざされる前に、早足でジオラマ館を離れることにした。

木馬館にちかづくにつれ、明るくものさびしいラッパと太鼓の音がいよいよにぎわしさを増してゆく。わたしはこの段階で、ようやく知っていたことを思い出した。あるいは思い出すように知っていたと。

つまり、このラッパと太鼓の音、すなわちジンタ楽隊の音楽はこの浅草の地でひとときも止むことなく、あの日々に今もこれからも延々と続いていたのだということだった。どの時代も、これからも、誰もがずっと耳を介さずに聴き続けてきたのだということ。そして、ジンタジンタッと盛大にジンタの音が鳴っているその源こそ、わたしがずっと目指してきた木馬館なのであった。

たどり着いた木馬館には、何十人もの子供たちがめずらしげに館の中をのぞいたり周囲を駆けまわって歓声をあげていた。わたしは子供たちをかき分け、中をのぞいてみた。館内は、ブリキで出来た二台の自動車を取り囲むように、たくさんの木馬がジンタ楽隊の音に合わせてゴットンゴットン、と上下しながらクルクルとまわっている。ラッパと太鼓を鳴らしながらクルクル、クルクル（塔が見える）クルクル、クルクル（わたしたちの塔が）クルクル、クルクルまわっている（まなざして）まわっているのを見ていると、かつてこの都で熱狂的に蔓延していた木馬心酔者じみた気持ちにわたしはいつの間にかなっていた。ちょうどその時、手近に一頭の木馬がめぐってきたので、わたしは思い切ってえいやとそれに腰をかけてみた。

木馬はわたしを乗せようが乗せまいが、何のとどこおりもなくそのまま周回を続けてゆく。一周まわり、二周まわり、腰かけているブリキの硬さを尻や足、腕に感じながら、あかるくもの悲しいジンタ音楽に合わせてゴットンゴットンと上下しつつ回ってゆくうちに、なにか陶酔のような心地がじんわりとしてきて、これが人びとをくせにさせ、心酔させるのだと合点がいってまわりを見回すと、いつの間にか木馬の周回の中に、二人の男が同じように腰掛けている。うち、一人は木馬にがっしりとしがみつき、もう一方は自動車の中、恥ずかしそうにおさまって揺られていて、わたしは思わずふふふと笑ってしまった。なぜなら、楽しげに木馬にしがみついている方が萩原朔太郎で、自動車の中でちぢこまっている方が江戸川乱歩だったからである。世間では朔太郎は繊細で、乱歩は豪胆のように言われているのに、実際、木馬に乗ろうと言い出すのはいつでも朔太郎の方だと、わたしは知っていた。

知っていた？

先ほどからなぜ、わたしは知らないはずの

ことを知っているのだろうか。もしかして、誰かから聞いたのか。あるいは確か、乱歩か朔太郎か、彼らがそう書いていた手記を、読んだのではなかっただろうか。

読んだ？　どこで？

本屋？　図書館？

いや、違う。確か、今わたしが背負っているリュックの中に入っている、このあいだ買ったばかりのKindleの中に、データとして入っている、読もうとおもえば今すぐにでも読み返せる、それが電子書籍の良いところだが、しかしそれよりもわたしは乱歩に一刻も早く、あの玉乗り一座が浅草公園に戻ってきたことを知らせなければならないとおもった。

過ぎ去ること、往年をあんなに残念がっていたのだからきっと喜ぶ。

　しかし、木馬の動きはますます激しくなり、ジンタの音色も音程をあげ、耳障りなほど大きくなっていって、ギイギイと上下しながら周回するこの木馬から飛び降り、乱歩のところまで行くのは勇気がいりそうだった。だったら木馬が停止するまで待てば良いのだろうが、しかしなぜか、この周回はけっして止まることなどないようにおもえた。また、もし止まることがあっても、二度と彼らに会えなくなると。

　その時、器用に木馬の合間を縫って、センカ紙を持ったあの少女が歩いてきた。（アブナイデスヨ）わたしは声をかけたが、少女はまるで気にもせず、センカを朔太郎と乱歩に渡そうとして、しかし二人はまるで彼女が見えないかのように見向きもしない。少女は今度はわたしのところに歩いてきた。（アブナイデスヨ）声をあげている、わたしはそのつもりなのだが、少女はまるで気にもしていない、そしてわたしの乗っている木馬の横まで来ると、手にしたセンカ紙を差し出してきた。

無意識のように受け取った今度のセンカ紙は、からびてセピア色をしていて、今にもくずれていきそうにもろかった。わたしは慎重に開いてみた。すると、中にはこんなことが書いてあった。

ごく近頃、去年の秋であったか、まことに久方振りで、私はあの懐しい浅草木馬に乗ったことがある。連れはそのころ知合いになった詩人の萩原朔太郎氏で、彼もまた木馬心酔者であったから、私が恥しがるのを無理に誘って、彼は木馬に、私は自動車に、ゴットンゴットンと乗ったのである。そのとき、萩原氏と公園の古風な赤毛氈の茶見世に腰をかけて、ゆで卵でお茶を飲みながら、通行の人々を眺めながら、往年の博覧会の余興について、昔々のパノラマ館の魅力について、それらのかもし出すノスタルジアについて、語り合ったことであった*

ふと気がつくと、わたしの姿は木馬館にはなく、さきほど通り過ぎたジオラマ館らしき場所のなかにいた。わたしはシートにすわりこみ、目の前のスクリーンに、木馬に乗る朔太郎と乱歩の活動写真がながれてゆくのを、観衆の目で眺めているのであった。

左うでのあたりにひとの気配を感じて、見ると、先ほどの少女がとなりの座席にあさく座り、わたしにもたれるようにしてねむり込んでいた。少女のひざの上には、彼女が絶えず背負っていた乳飲み児がやわらかく抱えられていて、わたしは何の気なしにその赤子を見、はっとした。赤子は幻灯のひかりに頬を照らされ、まどろみの瞳をうすく開いて、夢の中からわたしをじっとまなざしていた。
昭和六年の、その秋のことである。

＊江戸川乱歩『探偵小説四十年（上）——江戸川乱歩全集第28巻』
（二〇一六・光文社）「浅草趣味」より

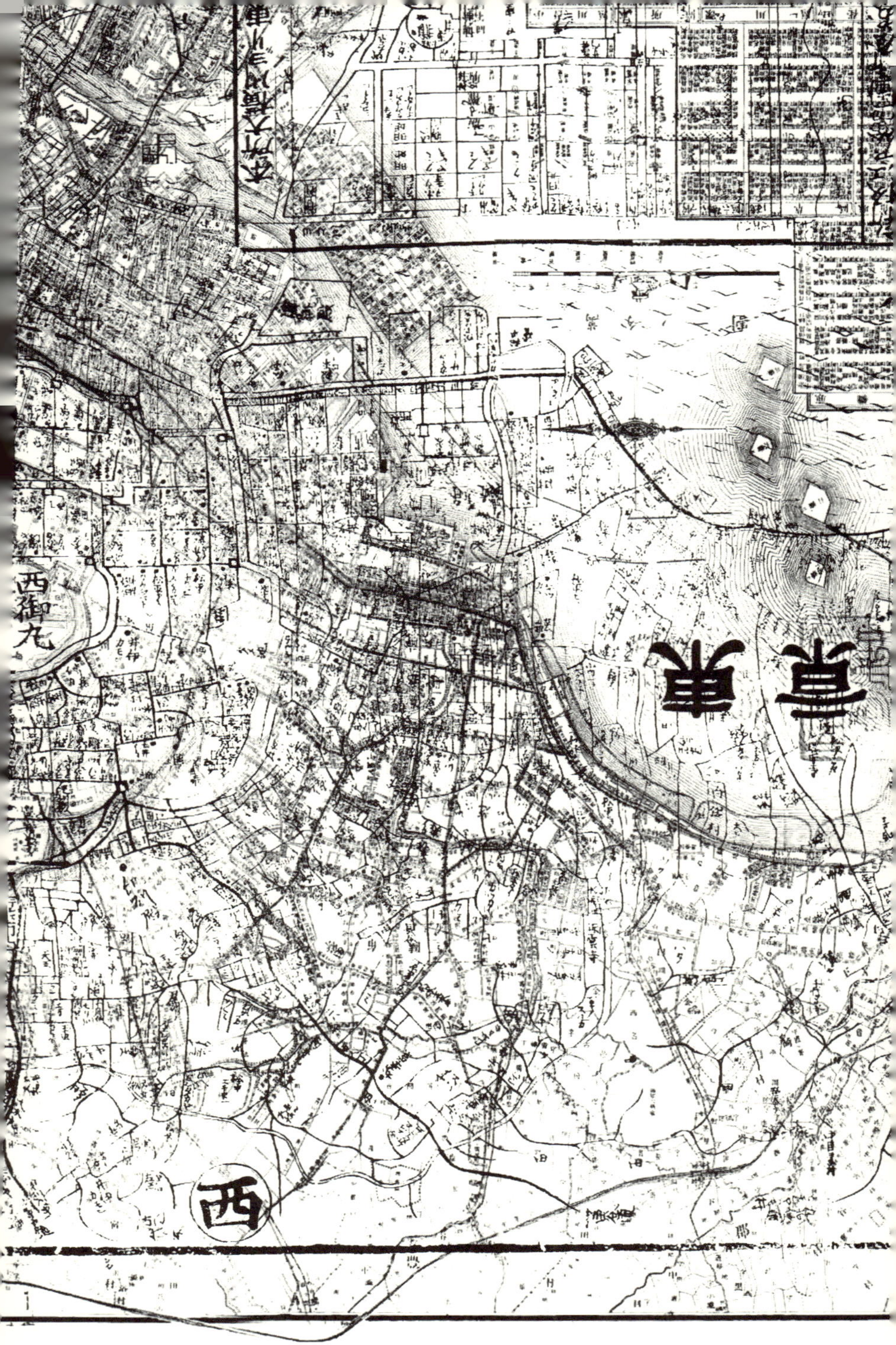
西御丸
東京
西

不在都市

かわるがわるの記憶が

交替更迭的記憶

toinen toistaan seuraavat muistot

Alternating memories

ความทรงจำสลับไปมา

Alternándose los recuerdos

돌고 도는 과거 현재 미래의 기억이

Ingatan bertumpang tindih

蒼白褪色　時序接連破碎

새파래지고　그 시간의 축이 차례차례 갈라져간다

en un pálido azul van rompiendo el tiempo　kalpenevat pirstoutuvat ajassa

あおざめ　時割れてゆく

กลายเป็นฟ้าหม่น　กาลเวลาไหลเอื่อยบนรอยร้าว

Pale blue tinted　Time goes fracturing on

merekat biru pucat masa mengalir di atas retakan

花も何もかも、姿のあるものは、絶えました。
ただなつかしさばかり、かぐわしく濡れそぼり
水面をながれてゆきます

音拍消融於音節中　反射回憶破碎的殘片

떠올리기를 실패한 기억이 바스러져 그 파편을 모라 는 실러블 에 반사하고

ศีลธรรมจรรยาละลายในพยางค์,

การสัมผัสเหือดหายด้วยความทรงจำอันแตกกระจาย

Morae melt into syllables Touched off by fragmented recollections

bahasa cair ke dalam sukukata hilang sentuhan oleh ingatan yang terpecah

morat sulavat tavuiksi muistikuvien sirpaleet peilautuvat niistä

Las moras derritiéndose en sílabas volviendo a encender los conocidos recuerdos

モーラはシラブルに溶け　くだけた想起をあてかえし

あからんだかつてのあらましは果てへとうずみ
揺すぶれのまま しずかをかしらぐ

The gist of reddened bygone days plunged down into extremity Swaying away Waning toward silence

讓人面紅耳赤的過去事件已沉入終焉
隨水流曳動
傾倒著寂靜

붉게 물들었던 옛 영화는 제 장 끝에 파묻히어 물이 휘말려 흔들린 채 고요히 기울어간다

La esencia de días pasados, enrojecidos hasta el fondo, sacudiéndose hundiéndose en el silencio

tompok merah kukuh hilang dari hari ke hari jatuh dalam pusaran-paksa terayun menjauh semakin pucat ke arah kesunyian

menneisyyden polttavanpunaiset ennusmerkit kerääntyvät ääriille pyörteillen hiljaisuus kallistuu kun

ความหมายสำคัญของอดีตแดงในห้วงเวลาที่ผ่านมาพรวดพราดห่างหายไปสู่ ปลายสุด แกว่งไปไกล สู่ความเศร้าหมอง

Incesantemente billones de moléculas que nacieron entrelazadas al colapso, se calientan, alumbran, recogen, olas en el azul del metileno

ไม่หยุดนิ่ง ผลิตความเศร้าหมองบนซากปรักหักพัง, หนึ่งร้อยล้านโมเลกุล ผุดร้อน ประกายวาววับ บรรจบกับระลอกคลื่นในฟ้าเมทิลีนพวกเขา

언젠가는 죽음을 운명을 내포하고 끊임없이 탄생한 수천 수조의 분자가 온기 반짝이며 메틸렌 블루색으로 파도친다

絶えまなく 潰えをからませ生まれる億千の分子がぬくもり、ひかりながらメチレン色に波寄せる

tanpa henti-henti melahirkan kekusutan dalam runtuhan, seratus juta billion molekul tumbuh panas, berkilau, menemukan gelombang-gelombang dalam metalen birunya

Incessantly Born entangled in collapse, one-hundred billion molecules grow warm, glow, Gather the waves in their methylene blue

永無止息地 渦藏崩壞巨共的億萬分子發熱，閃耀著光芒 拍打著甲烯藍色

lakkaamatta syntymästä asti katoavaisuutta kantavat miljardit molekyylit, lämmeten hohtaen aaltoilevat metyleenin värisinä

かつてあった　幾度も臥した栄えやにぎわしさ

過去存在的　數度頻頻倒下的榮華與繁盛

존재했던 것들 수없이 번영했다가 멸망한 것들의 활기

ยุคสมัยอีออนที่ผ่านพ้น ไป ความรุ่งเรืองอันยิ่งใหญ่ที่มักจะสยบศิโรราบ

Eons ago, there was A glorious prosperity that often lay

menneisyydessä yhä uudelleen tuupertuneet kunnia ja

Alguna vez en la gloriosa exhuberancia yacieron tantas

Zaman waktu eon yang lalu, telah ada kemakmuran gemilang yang selalu ruyup

リンの様にあおく燐光しているもの。
あれは夢です。
誰にも見られることのなかった、
さびしさをきよくたもったものだけが、
ながれることなくいつまでも　水底で明滅しつづけます

jatuh bisikan kemarahan segalanya sekarang di bawah laut

สียงกระซิบ ความไม่พอใจ บัดนี้ทุกอย่างอยู่ใต้ท้องทะเล

veces susurros y resentimientos ahora, todo ello yace bajo el nivel del mar

囁き 憤慨 すべてが今は海抜の下

혹은 속삭임, 분개 이 모두가 지금은 해발 아래에 수몰되었고

down Whispers Indignation All of this now below sea level

細語 憤慨 現今全都在海拔之下

kukoistus kuiske raivo nyt merenpinnan alapuolella kaikki

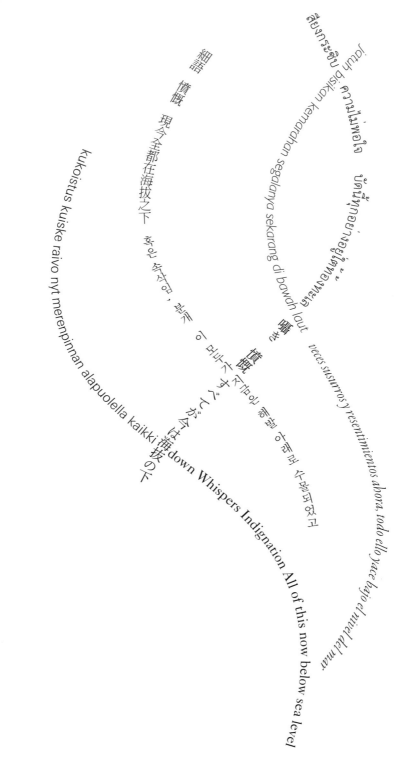

las cíclicas repeticiones la persistencia demoledora preparando el día de su reanudación

反復を巡り　執拗をくずし　いつかのくりかえしに備えているのだと

반복을 되풀이하여　그 집요한 반복은 무로 돌아가　언젠가 다시 반복될 날을 준비하고 있는 것이고

การหมุนเวียนกลับมา　รื้อทำลายสิ่งอันถาวร　เตรียมพร้อมสำหรับการหวนคืนมาในเวลาอีกครั้ง

循環著反覆　崩解了執拗　像是為了將來的循環在準備著

Kertaus toistuu sinnikkyys särkyy ja jälleen, valmiina seuraavaan tulevaan toistoon tulevaan toistoon

And the methylene's blue glare. Rolling waves. Now only the shadows Remain straight

metyleenin vaalo hohtaa. aaltoilee. vain varjot juoksevat nyt

甲烯藍光閃耀。起伏。只有影子 在此刻筆直地

メチレンのあかりがひかり。波寄せ。影ばかり 今はまっすぐ

메틸렌 블루색의 불빛이 반짝이며 밀려오고 부드러운 움직임 속에서 그림자만이 지금은 곧게

และประกายวาวฟ้าเมทิลีนของระลอกคลื่นที่หมุนม้วน บัดนี้เพียงเงา ยังคงย่างก้าว

Y el brillo azul del metileno. Olas que se juntan. Sombras nada más ahora, hacia delante

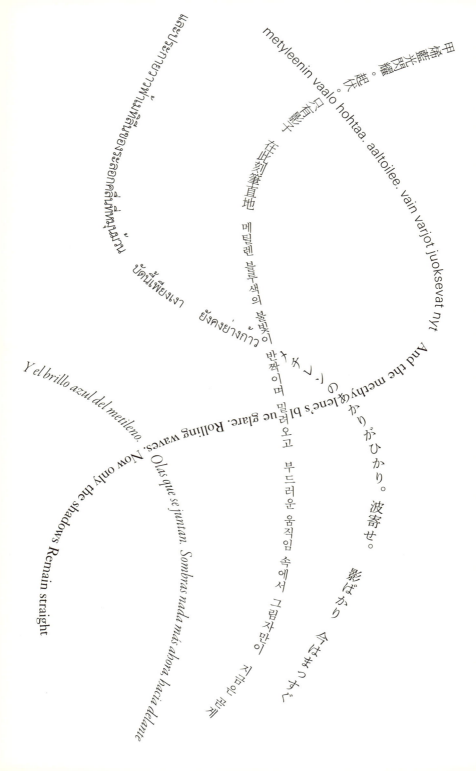

Running the water surface
疾迴水面
수면 위를 뛰어 있다
วิ่งบนผิวน้ำ

dan kilau biru metalen. menggulung gelombang. kini hanya gentayangbayang
kekal lurus tegak berlarian di permukaan air

波間に反射しているもの
…ヘルシ、ンキ…ニュー、ヨーク…タイ、ペイ…バン、コク…
……クアラルン、プール…メキ、シコシ、ティ……ソ、ウル…ト、ウキョ　ウ……
違いますあれは夢です。
誰にも見られることのなかった、ささやかなもの。
都市も花も、おびただしかった何もかもは、
いずれ、きっと、
絶えたのですから

avanzan sobre la superficie
viivana veden pintaa
水面をはしる

初出覚書

中野3丁目　「地上十センチ」十六号、二〇一七年九月

埠頭の夢　左右社HP連詩企画「見えない波α」#40（二〇一七年十一月）を加筆修正

白金姫　「EAT ~ Enjoy Art & Table」展（二〇一六年七月@青山スパイラル）でのスパイラルカフェとの連動企画「ドリンク詩~詩と共に味わう夏のドリンク~」で発表

都市白書2017　「朝日新聞」二〇一七年四月五日夕刊

だろうか——E231系車内　「紀の国トレイナート2017」にて、JR西日本・きのくに線の臨時列車「トレイナート号」車内中吊り詩として発表

記号論——春とコバルト　「三田文學」二〇一七年春季号

渋谷ディニスクランブル　「現代詩手帖」二〇一七年七月号

オレたちの国　書き下ろし

東京都千代田区永田町一丁目七番一号　書き下ろし

塔と浅草木馬　書き下ろし

不在都市　「ラハティ・ポエトリー・マラソン2017」（フィンランド）でのポエトリー・インスタレーション・プログラムにて、「Blue&Water」のタイトルで発表。その後、英語版がアメリカのジャーナル

『Vestiges』に掲載。今回、詩集に収録するにあたり、詩人や翻訳家たちの協力を得、七カ国語の翻訳を用意。

＊翻訳協力

อับดุลรอซัก ปาแนมาแล：Abdul Razak Panaemalae (Thai)

한성례：韓成禮 Han, Sung Rea (Korean)

Jordan A. Y. Smith (English)

林鍵鱗：Ken Lin (Chinese)

Mayu Saaritsa (Finnish)

S.M. Zakir (Malay)

Yaxkin Melchy Ramos (Spanish)

永方佑樹　ながえ・ゆうき

詩をテキストのフォルムとしてだけではなく行為としてとらえ、水等の自然物やデジタル等を詩的メディアとして使用し、「詩を行為する」表現を国内外で展開（「Dialogue 対話 -Voix 聲」：仏ポンピドゥセンター企画「Jonas Mekas Poetry Day」等）。二〇一九年、詩集『不在都市』で第三十回歴程新鋭賞受賞。二〇二二年秋、米国国務省教育文化局の助成でインターナショナル・ライティング・プログラム（IWP／アイオワ大学）に参加。初の中編小説「字滑り」（「文學界」二〇二四年十月号）にて第一七二回芥川龍之介賞候補。

不在都市《ふざいとし》

著　者　永方佑樹《ながえゆうき》

発行者　小田啓之

発行所　株式会社思潮社

〒一六二―〇八四二　東京都新宿区市谷砂土原町三―十五

電話　〇三（五八〇五）七五〇一（営業）

〇三（三二六七）八一四一（編集）

印刷・製本　創栄図書印刷株式会社

発行日　二〇一八年十月十日　第一刷

二〇二五年二月二十日　第二刷